UN TAG POUR LISA

Stéphane Daniel est instituteur depuis de nombreuses années. Les enfants, il connaît par cœur. Sans doute est-ce pour cela que ses textes remportent un franc succès auprès des jeunes lecteurs. *Un tag pour Lisa* est la première aventure de la série des *Mousquetaires de Belleville.*

www.casterman.com

Maquette : Claude-Olivier Four

ISBN 2-203-13048-2

Imprimé en Espagne par Edelvives. Dépôt légal : août 2005 ; D. 2005/0053/236
Déposé au ministère de la Justice, Paris
(loi n° 49.956 du 16 juillet 1949 sur les publications destinées à la jeunesse).

LES MOUSQUETAIRES
DE BELLEVILLE

Stéphane Daniel

UN TAG POUR LISA

casterman

Aux enfants du 51, rue Ramponeau

S.D.

1 La rentrée des mousquetaires

— Hep, Diembi, j' suis là !

Hakim, adossé au mur du fond de la cour, guettait depuis quelques minutes l'arrivée de son ami. Sans aucune crainte de le manquer d'ailleurs. Quand Diembi arrive quelque part, il ne passe pas inaperçu ! « Un sacré gaillard », comme disait de lui le directeur, M. Aristide Bertrand de Pugeaux, en tapotant le pommeau en argent de la canne qui ne le quittait jamais.

Ce brave M. de Pugeaux... À chaque rentrée, il regardait d'un œil attendri défiler les élèves de l'école comme s'il récupérait des brebis égarées. Dès le premier jour, il appelait chacun par son prénom, même les petits CP qui débarquaient dans son établissement aussi perdus que s'ils découvraient la lune.

Diembi l'avait salué en passant la porte. Lui, il entrait en CM2, c'était déjà un vieux de la vieille, d'autant qu'il n'était pas vraiment en avance. Douze ans, et aussi grand que le directeur ! D'accord, le directeur c'était pas un géant, mais quand même ! Ça donnait à Diembi une bonne tête de plus que les copains ; on le voyait venir de loin !

Diembi rejoignit son ami.

— Comment ça va, mon vieux ? Les deux autres, y sèchent ?

— Si tu veux mon avis, ça sent plutôt la panne d'oreiller.

La sonnerie marquant le début des cours retentit brusquement.

— Ce réveil-là, s'ils ne l'entendent pas, dit Diembi, c'est qu'ils ne se réveilleront plus jamais !

— C'est vrai qu'ils habitent juste en face…

Dans la plus grande confusion, tous les enfants se dirigèrent vers l'emplacement réservé à leur classe.

En habitués qui pensent que « y a pas le feu », Diembi et Hakim, très nonchalants, rejoignaient à peine le rang qui se formait devant Mlle Duchignon que deux silhouettes, jaillissant de la porte d'entrée et emportées par leur élan, le percutèrent avec autant de délicatesse que des boules dans un jeu de quilles.

— Vous y êtes, les petits rigolos ? leur demanda l'institutrice avec une pointe d'ironie.

— Oui, m'dame, articula Bouboule.

— S'il vous plaît, excusez-nous pour le retard, ajouta Miki qui se retenait difficilement de pouffer.

— Allez plutôt retrouver les deux autres Mousquetaires, là-bas ; ils ne vous espéraient plus...

Pour tout le monde dans l'école, Diembi, Hakim, Bouboule et Miki étaient en effet « les Trois Mousquetaires ». D'abord parce qu'ils étaient quatre, ensuite parce que depuis la maternelle ils étaient absolument inséparables.

Au début du rang, quelqu'un se retourna tandis qu'ils regagnaient leurs places. Diembi eut l'impression de recevoir un coup de poing dans la poitrine.

Cette fille-là, c'est sûr, il ne l'avait jamais vue ; d'ailleurs il n'avait jamais vu nulle part une fille pareille. Des cheveux noirs bouclés, des yeux d'un vert transparent : elle avait, comment dire, oui, c'est ça, un regard à la menthe ! Une curieuse

sensation l'envahit, un mélange de joie et d'appréhension. Il murmura :
— Et elle est dans notre classe !
— Hein ? fit Miki.
— Non, rien.
Une fois installée derrière son bureau, Mlle Duchignon réclama le silence.
— J'ai plusieurs choses à vous dire. La première, c'est que nous avons parmi nous cette année une nouvelle venue. Elle s'appelle Lisa Michigan, et j'espère que vous lui ferez bon accueil.
La jeune fille remarquée par Diembi se leva et salua tout le monde.
— Elle se trouvait en province l'an passé, reprit Mlle Duchignon, ses parents voyagent beaucoup. Voilà. D'autre part, je ne sais pas si vous avez remarqué, mais les murs de l'école ont été nettoyés pendant les vacances. Alors plus question de voir réapparaître ces immondes graffiti, ces « talcs » comme vous dites…
— Tags, m'dame.
— Oui, tags, merci, Diembi. D'ailleurs, j'aime autant vous prévenir tout de suite : si jamais nous prenons quelqu'un sur le fait, il viendra passer ses samedis après-midi avec, pour camarades de jeu, une brosse et une bassine d'eau savonneuse.

C'est bien compris ? N'est-ce pas les petits rigolos ?
Les trois Mousquetaires ne répliquèrent pas, mais ils n'en pensèrent pas moins.
— Maintenant, sortez-moi vos beaux cahiers tout neufs, et que la fête commence...

Dès le lendemain, on vit refleurir les tags sur les murs de l'école. Diembi était passé maître dans l'art compliqué de composer, à l'aide de marqueurs de couleurs différentes, sa propre signature ou celle du groupe qu'il formait avec son trio d'acolytes. Comment faisait-il ? Simple ! Ses trois complices se groupaient et formaient un rideau compact derrière lequel, accroupi, il se soustrayait à la surveillance du directeur, M. Aristide Bertrand de Pugeaux, qui passait toutes les récréations à surveiller la cour.
Souvent, autant par bravade que par malice, Diembi allait le voir et lui demandait si tout allait bien à Puteaux.
— Sapristi ! s'exclamait-il. Décidément, mon jeune ami, vous ne le retiendrez jamais ! On dit Bertrand de Pu*G*eaux, pas de Pu*T*eaux...
— Excusez-moi, m'sieur, j'oublie toujours, disait Diembi, tandis que ses copains se tordaient de rire dans son dos.

Dans le milieu du graffiti, le « graf », on respectait Diembi. Sa réputation avait depuis longtemps franchi les murs de l'école, son lettrage élégant, reconnaissable au premier coup d'œil, ayant permis une large diffusion de sa signature, preuve qu'il avait atteint le but recherché par tout tagueur : se faire un nom. Ce nom, petits et grands le prononçaient généralement avec admiration, d'autant que la fierté qu'il tirait de sa popularité ne le rendait ni distant, ni méprisant. Elle lui donnait simplement un petit côté sûr de lui qui agaçait les jaloux – il y en a toujours – et impressionnait les timides. La seule à qui le prestige dont il jouissait ne faisait en apparence ni chaud ni froid, c'était Lisa. Malheureusement.

Diembi avait beau, à chaque nouveau tag, se surpasser, elle ne semblait pas leur prêter plus d'attention qu'aux résultats du championnat de France d'haltérophilie. Il ne ratait pourtant aucune occasion de l'observer, mais en pure perte, car son visage ne trahissait aucune réaction devant ses œuvres. C'était une fille secrète, réservée. Cette indifférence le paralysait ; il n'y était pas habitué. Diembi ne désespérait pas, mais, son orgueil lui interdisant de la questionner, il lui

fallait continuer à sentir, vulnérable et impuissant, son ventre se serrer quand par hasard il la croisait.
Au début, une grosse voiture s'arrêtait le soir à la sortie de l'école. M. et Mme Michigan passaient chercher leur fille. Lui, d'après ce que tout le monde avait compris, était un gros promoteur immobilier. Sa femme ne travaillait pas.
Ces deux-là n'avaient pas l'air de plaisanter tous les jours. Ils ne descendaient jamais de cette énorme bagnole, une allemande avec les vitres teintées, qui avalait Lisa et glissait sans bruit jusqu'en bas de la rue où elle disparaissait. Bouboule disait d'eux qu'ils étaient fiers. Ça le gênait beaucoup, mais Diembi était assez d'accord. De toute façon, un mois après la rentrée, ils cessèrent de venir et Lisa prit l'habitude de rentrer seule à pied chez elle.
Le drame se produisit un soir de novembre.

2 Rapt

La nuit était déjà tombée quand les enfants sortirent à dix-huit heures de l'étude. Ce soir-là, un lundi, Lisa avait dû remonter chercher le cartable qu'elle avait oublié en classe, laissant le gros des enfants sortir sans elle.

Lorsque, à son tour, elle déboucha sur le trottoir, il ne restait plus personne – le froid ayant dispersé les traînards –, plus personne excepté Diembi.

Quelques mètres plus loin, ne voulant pas donner l'impression de l'attendre, il semblait profondément absorbé dans la contemplation des pare-chocs d'un camion. Bien entendu, cette observation passionnée visait plus à lui donner une contenance qu'à percer le mystère d'un objet qui n'est pas, en soi, d'un intérêt démesuré. En

effet, prenant son courage à deux mains, il avait ce soir-là décidé de proposer à Lisa de la raccompagner.
Il entendit la porte de l'école claquer. Là-bas, la jeune fille remettait de l'ordre dans ses affaires sans noter la présence d'une voiture sombre garée à sa hauteur en double file sur la chaussée. Très vite, les portières s'ouvrirent et deux hommes en surgirent, le visage masqué par un bas de nylon noir.
Diembi n'eut pas le temps de réagir. En trois secondes ils avaient soulevé la jeune fille, l'avaient bâillonnée et entraînée de force dans la voiture. Simplement, dans l'action, Diembi vit quelque chose briller au bras de l'un des ravisseurs, ou au poignet, il ne le sut pas trop, plusieurs reflets, comme une poignée de diamants sous la lumière.
La voiture démarra en trombe, passa devant lui – il remarqua deux autres silhouettes d'adultes sur la banquette arrière –, puis, dans un crissement de pneus, elle tourna au coin de la rue.

La police interrogea longuement Diembi, mais le rapt avait été commis si vite qu'il ne put donner le signalement des agresseurs. Le seul indice capable de les aider fut un détail noté sur la voiture : un petit cheval en métal fixé sur la calandre avant.

— Donc quatre hommes et une Ford, avait marmonné l'inspecteur qui prenait sa déposition, une Mustang. Probablement volée. C'est pas grand-chose mais c'est mieux que rien.

À l'école, le lendemain, le commissaire chargé de l'enquête était venu interroger les camarades de Lisa. Avait-elle parlé de menaces reçues ? Montrait-elle des signes de peur ces derniers temps ? Ses démarches n'eurent aucun résultat. Diembi, quant à lui, faisait figure de vedette. Forcément. Il avait tout vu, et aux premières loges encore ! Mais lui, insensible à cette gloire soudaine, se morfondait. Sans cesse il revoyait l'expression terrorisée de Lisa à l'arrière de la voiture, encadrée par ces deux silhouettes menaçantes, et il enrageait de n'avoir rien pu faire. Qu'aurait-il pu faire d'ailleurs ?

En plein après-midi, le directeur entra dans la classe alors que Mlle Duchignon, probablement perturbée par cette histoire, bredouillait pour la vingtième fois, en manque d'inspiration, que « ben, une division, c'est quand on divise… ».

Il n'était pas seul, les parents de Lisa l'accompagnaient. Ils voulaient que Diembi leur raconte encore ce qui s'était passé, leur dise s'il ne se souvenait pas d'un détail infime qui aurait pu lui revenir en mémoire ; ils étaient fous d'inquiétude.
— Je vous assure, je n'ai presque rien vu, ça s'est passé si vite…
— Comme par hasard, ricana méchamment le père de Lisa. Ça m'aurait étonné. Tu es à cinq mètres et tu ne vois rien !… Dis-moi, mon garçon, tu n'aurais pas plutôt surveillé la rue pendant qu'ils agissaient ?
Ses lèvres tremblaient, il était blême. M. Bertrand de Pugeaux intervint.
— Monsieur, je vous en prie, ça a été un choc pour lui aussi, vous savez.
— Ah ! vous, on ne vous a rien demandé ! tonna M. Michigan. Regardez donc autour de vous, monsieur le directeur, ces murs barbouillés, toute cette saleté, on se croirait à New York ! Et vous voulez me faire croire que vous n'abritez que des petits anges ? Je suis sûr qu'ils avaient des complices dans l'école, vous m'entendez !
Il prit Diembi par les épaules et le secoua.
— Allez, dis-le, dis-le que tu étais avec eux ! Ça t'évitera bien des ennuis !

La mère de Lisa, qui jusqu'ici s'était tenue à l'écart, s'interposa. L'homme lâcha Diembi, recula de quelques pas, secoué par de brusques sanglots.

— Nous n'aurions jamais dû l'écouter quand nous avons déménagé, il fallait la forcer à quitter cette école. Ma petite Lisa, mon Dieu, où allons-nous trouver tout cet argent ? Nous ne la reverrons peut-être jamais...

Le directeur prit M. Michigan par le bras et le conduisit à l'extérieur. En sortant, il se retourna vers Diembi.

— Il faut lui pardonner, tu sais, il est bouleversé.

Diembi fit oui de la tête mais il ne put rien articuler. Il entendait encore les terribles accusations portées contre lui. Il resta debout, les bras ballants, puis lentement regagna sa place. À peine installé, il sentit une main se poser sur son épaule. Bouboule le regardait en lui tendant quelque chose :

— Tu veux un chwing ? à la chloro...

— Il est pas bien, ce mec, avait commencé Miki. Tu as vu tout ce qu'il t'a balancé ?

— Il n'avait plus sa tête, dit Diembi.

— N'empêche, c'est dur !

Les quatre copains s'étaient réunis à la sortie des classes. Assis sur le bord d'un trottoir, ils revivaient la scène : Diembi accusé, toute la classe silencieuse, consternée. Diembi réagit le premier, il serra les mâchoires.
— Il faut faire quelque chose !
— Quoi ?
Les Mousquetaires avaient répondu en même temps.
— On pourrait s'arranger pour savoir où elle se trouve, je ne sais pas moi, chercher des témoins, des gens qui l'auraient vue. Avec un peu de bol…
— Ouais, il en faudra, dit Miki, pas vraiment convaincu.
— Tais-toi, il a raison, enchaîna Bouboule. On ne va quand même pas se laisser traîner dans la boue ! Qu'est-ce que tu proposes, Diembi ?
— Des méthodes, y en a pas cinquante. Il faut interroger tout le quartier. Peut-être que quelqu'un aura remarqué quelque chose d'anormal. Faudra aussi fouiner partout. Ça va prendre du temps, les gars, tout notre temps.
— Pas de problème, dit Hakim, tu nous aurais demandé de l'argent ou la combinaison gagnante du loto sportif, on t'aurait dit tout de suite *niet*, mais du temps, ça, on en a !

— On est tous d'accord alors ? Bon, demain, c'est mercredi, il faut en profiter. Vous avez entendu comme moi le père de Lisa ? On lui a réclamé une rançon. Quand doit-il la remettre ? On ne sait pas, mais probable que nous n'avons que quelques jours devant nous. Faut pas traîner. Rendez-vous ce soir derrière chez toi, Bouboule ; à quatre on organisera les recherches. Et, je voulais vous dire, c'est une chance de vous avoir ; tout seul, je sais pas si…

— Ouais, ouais, fit Miki, tout gêné, allez, à plus…

3 Colère

Le jour suivant, à l'aube, ils s'étaient mis en chasse. Leur tactique était simple : sur le plan du quartier dont ils possédaient chacun un exemplaire étaient tracés des cercles qui prenaient leur école pour centre. Ceux-ci délimitaient des zones de recherche. Chaque zone était divisée en quatre parties égales, chaque Mousquetaire ayant pour objectif d'explorer à fond le périmètre dont il avait la charge.

À fond, cela voulait dire interroger tous les commerçants, les concierges d'immeuble, les passants, ratisser le moindre recoin, les impasses les plus sombres, les jardins privés, tout ce qui était susceptible de fournir aux ravisseurs une cache possible. Indices : quatre hommes, une jeune fille, une Ford Mustang.

Cette investigation devait être menée pendant les temps libres, quitte à raconter n'importe quoi aux parents s'ils s'avisaient de s'inquiéter des absences fréquentes. On devait obtenir des résultats immédiats, probants. Le soir, on se retrouvait pour le bilan derrière chez Bouboule vers vingt-deux heures.

Après une première journée à ce régime, le découragement les gagna un peu. En fait, ils progressaient lentement. Combien de semaines, de mois leur faudrait-il pour TOUT passer au peigne fin ? Et quelles garanties avaient-ils de ne pas les louper ? Les kidnappeurs pouvaient avoir caché Lisa dans un appartement tout à fait banal. Ou, pire, dans un autre quartier, voire une autre ville ! Cela, ils en étaient conscients. Leurs moyens étaient réduits ? Qu'importe, il fallait faire avec. Pas question d'abandonner en chemin.
Parfois, ils étaient mal reçus. À quoi rimaient toutes ces questions ? Ni Diembi ni ses amis ne pouvaient expliquer qu'il s'agissait d'une grave affaire. Tous les films qu'ils avaient vus sur le sujet mettaient l'accent sur ce point : une discrétion absolue est nécessaire à la police pour mener à son terme l'enquête sur un enlèvement. Ne

sachant pas ce que le commissaire, en accord avec M. Michigan, avait décidé, il ne fallait en aucun cas risquer de compromettre son travail. Le mot d'ordre était : ne pas se laisser abattre, continuer et continuer encore.

Aristide Bertrand de Pugeaux rangea grossièrement son bureau. De la loge, on venait de l'avertir : deux messieurs de la police désiraient lui parler. Cette journée de jeudi avait été calme. Il profitait de cette fin d'après-midi pour avancer un peu son travail administratif. Depuis le mardi, il n'avait eu aucune nouvelle du suivi de l'enquête. Peut-être lui en apportaient-ils ? On frappa à la porte.

— Entrez !

Deux hommes pénétrèrent dans la pièce. Le premier devait vouer une admiration sans borne à l'inspecteur Columbo, car il en était la réplique parfaite. Même pantalon qu'on aurait dit sorti en hâte du panier de linge sale, même imperméable passé dans une centrifugeuse, jusqu'aux cheveux en bataille, tout en lui rappelait le héros de la série télévisée. M. de Pugeaux fut tenté de lui demander s'il sortait du lit et s'il avait pris l'habitude de dormir tout habillé, mais il s'abstint. Inutile de le vexer.

L'autre avait une tenue passe-partout : baskets, jeans, blouson en cuir. Il se tenait derrière son collègue et lui laissa le soin de conduire l'entretien.

— Messieurs ?

— Bonjour. Lieutenants Lechêne et Blanchard. Nous sommes ici dans le cadre de l'enquête sur…

— … sur l'enlèvement de Lisa Michigan. Je me doute bien que ce n'est pas pour les étrennes des orphelins de la police.

— Tout à fait. Enfin voilà. Vous le savez peut-être, nous n'avançons pas vite dans cette affaire. Dès le lundi soir, M. Michigan a reçu une demande de rançon. L'argent, une somme considérable, doit être remis aux ravisseurs selon une procédure qu'ils lui communiqueront sous quelques heures. Nous pensons que l'échange devrait être prévu pour, disons, le courant de la semaine prochaine. En général, ils font monter la pression au maximum. Autant dire qu'il nous reste très peu de temps pour leur mettre la main dessus avant la transaction.

— Je vous remercie de tous ces renseignements, lieutenant, mais en quoi puis-je vous être utile ?

Le dénommé Blanchard baissa les yeux, enfonça

les mains dans ses poches, les sortit, ne sachant trop quoi en faire. Ce qu'il avait à dire semblait considérablement l'embarrasser.

— C'est-à-dire que… bon. Nous avons reçu longuement M. Michigan, afin de l'aider à identifier dans son entourage ceux qui pourraient avoir été impliqués dans ce rapt. Et il nous a fait part d'un soupçon concernant… Vous savez, monsieur le directeur, nous ne pouvons négliger aucune piste… Un soupçon, donc…

M. de Pugeaux contracta ses mâchoires qui devinrent blanches. Il comprenait peu à peu où le lieutenant voulait en venir.

— … concernant un élève de votre école, un petit Africain prénommé Diembi, en fait, le seul témoin direct du drame.

— Pardonnez-moi, lieutenant, coupa M. de Pugeaux d'un ton glacial, mais je ne vois décidément pas où vous voulez en venir !

— Eh bien, sur la demande du père de la petite, nous avons exercé une surveillance discrète auprès de ce jeune homme et de ses amis, et nous avons constaté chez eux un comportement assurément inhabituel pour des enfants de cet âge, comportement que nous n'avons pas pu pour le moment expliquer. J'en viens à ma question. Auriez-vous noté chez lui, depuis le temps que vous le connaissez, une tendance à, je ne sais pas, moi, racketter, ou voler, ou céder à l'attrait de mauvaises fréquentations ?... Enfin, vous voyez ce que je veux dire !

Le directeur resta quelques instants sans réaction, assis à son bureau, la tête baissée, comme s'il cherchait à rassembler des souvenirs ou ne s'était pas rendu compte que les policiers attendaient sa réponse. Les autres se regardèrent, ne sachant trop s'il fallait prolonger l'attente ou relancer l'entretien. Enfin, M. de Pugeaux se décida à réagir. Il se redressa, s'appuya des deux mains sur son bureau et fixa le lieutenant Blanchard droit dans les yeux.

— Maintenant que vous m'en parlez, maints faits troublants remontent à ma mémoire.

Blanchard s'empressa de sortir un calepin. Prêt à écrire, il attendit la suite.

— Oui, reprit le directeur, plusieurs éléments pourraient bien, à la réflexion, me faire penser que Diembi a été le complice et, pourquoi pas même, la tête pensante, le cerveau de cette tragique affaire. Tenez, par exemple – je le tiens de sa propre mère –, lorsqu'il avait deux ans, eh bien, à chaque fois qu'elle lui donnait de la purée, il la recrachait. Oui, monsieur, vous m'avez bien entendu : il *recrachait* la purée que lui proposait sa mère ! Déjà l'esprit de rébellion contre l'autorité.

Le lieutenant, qui avait commencé à prendre des notes, s'était très vite arrêté. Il attendait, de plus en plus mal à l'aise au fond de sa chaise, que le directeur en termine.

— Et ça ! Diembi, au CE2, est entré dans l'école *sans me dire bonjour* ! Il ne m'avait soi-disant pas vu... Grâce à votre intervention, et avec un peu de recul, je cerne mieux l'individu : précoce cracheur de purée, d'une rare impolitesse, cet enfant constitue depuis son plus jeune âge un grave danger pour notre société, et personne ne serait surpris de le voir aujourd'hui exercer ses talents dans le domaine du kidnapping après avoir fait régner la terreur dans sa famille et dans son école d'accueil. Ceci étant établi, voulez-vous lui passer les menottes devant ses camarades de classe ou préférez-vous que je téléphone à sa mère pour qu'elle le ligote au pied de son lit en attendant l'intervention de la force publique ?

— Monsieur de Pugeaux, nous nous sommes mal compris, je crois...

— Mais non, mais non, au contraire, nous nous

sommes parfaitement compris ! Vous me demandez de voir chez un enfant que je connais depuis longtemps, et pour qui, je le précise, j'ai affection et respect, un bandit de grand chemin sous le seul prétexte qu'un homme aveuglé par la douleur d'avoir perdu sa fille lui reproche d'avoir été au mauvais moment au mauvais endroit. Un homme qui serait prêt à soupçonner la terre entière si cela pouvait nourrir en lui l'espoir de la revoir vivante. Je comprends cet homme. Ce que je comprends moins, c'est que vous portiez crédit à de telles affabulations. Et ce que je n'admets pas, c'est que vous vouliez me mettre dans le secret de vos répugnantes méthodes ! Messieurs, je n'ai rien d'autre à ajouter. Vous m'excuserez de ne pas vous raccompagner, la porte est juste derrière vous. Au plaisir de ne plus vous revoir.

Et le directeur replongea dans ses papiers. Les policiers jugèrent préférable de ne pas insister. Ils s'éclipsèrent en bafouillant un au revoir hâtif. M. de Pugeaux fulminait. Il se promit, entre deux bouffées de rage, de suivre cette histoire de plus près. Dans quel pétrin Diembi s'était-il fourré avec ses Mousquetaires ? Tout ça, à l'évidence, les dépassait. Mais s'en rendaient-ils seulement compte ?

4

Attente

Lisa s'était habituée à la pénombre. Ce local poussiéreux ne possédait qu'une seule ampoule qui diffusait faiblement une lueur jaune peuplant le sol d'ombres immenses. Entrepôt, usine ? Une chose était sûre, on y avait cessé toute activité. L'endroit respirait le désordre, l'abandon et l'oubli.

La peur, la peur atroce de l'enlèvement l'avait quittée. D'ailleurs, une telle peur ne peut s'installer durablement. Ce serait insupportable. Ses ravisseurs, trois hommes dont les visages lui étaient inconnus, la rassuraient constamment, disant que tout allait bien se passer, que son père réunissait la somme demandée, qu'elle retrouverait bientôt ses parents. Elle les croyait. Elle n'avait pas le choix. C'était les croire ou sombrer dans un désespoir sans fond.

À intervalles réguliers on lui offrait à manger. Des conserves, le plus souvent, du pain, du fromage, des fruits. Personne ne la brutalisait. La nuit, on l'attachait par des menottes au tuyau du radiateur fixé à côté du matelas sur lequel elle dormait. Contre la promesse de ne pas crier, ses gardiens avaient accepté de ne pas la bâillonner. L'endroit semblait tellement à l'écart de tout qu'elle savait une tentative d'attirer l'attention sur elle vouée à l'échec. Alors…
Chaque jour, les trois hommes la laissaient seule cinq minutes. Ils se glissaient derrière une cloison. Lisa entendait alors une quatrième voix, celle d'un visiteur qu'elle ne voyait jamais. Puis le bruit d'une porte métallique qui claque, et les trois hommes revenaient, reprenant une partie de cartes interrompue ou la lecture d'un roman d'espionnage. Les heures s'écoulaient lentement. Lisa pensait à ses parents. Aux moments épouvantables qu'ils devaient vivre. Inquiets pour sa santé, ou même pour sa vie. Elle savait qu'en eux quelque chose mourait et qu'ils ne seraient jamais plus comme avant.
Lisa pensait aussi à Diembi. Le dernier visage aperçu avait été le sien. Elle s'était réjouie de le voir l'attendre à la sortie. Enfin il s'était décidé !

Son manège autour du camion la faisait encore sourire. Ses airs de ne pas y toucher.
Mais il y avait eu cette maudite voiture, tout avait basculé dans le cauchemar.
Où était-il ? Que faisait-il ? Et ses copains, toujours derrière lui ? Pensait-il à elle ? Oui. Elle le sentait, elle sentait qu'il ne restait pas prostré derrière sa bombe aérosol. Plus tard, elle lui dirait ce qu'elle en pensait de ses tags, puisque c'était si important pour lui ; elle lui confierait son admiration, et le plaisir qu'au début elle avait pris à le faire languir. À cause de sa trop grande assurance. Pour le braver, le faire rager. Oui, elle dirait tout ça, quand elle le reverrait. Quand elle les reverrait…

5 Filature

Dure journée. Ses jambes étaient lourdes, son pas traînant. Diembi se demandait même s'il avait fait jour pour de bon. Depuis le matin, une masse grise de nuages avait bouché le ciel de novembre.
Non, le soleil ne s'était pas levé, mais à sa place un faux jour gorgé de pluie invisible, un de ces crachins affreux qui lustrent le pavé sans verser l'agréable mélancolie du chant des gouttes sur les toits et les vitres. Visages de Lisa. Comme des diapositives projetées sur les murs de Paris. L'accompagnant tout au long de ces heures d'égarement, avec la ténacité d'un remords.
Dure journée. Une matinée interminable avec Mlle Duchignon en musique d'ambiance, bouillie indistincte de consignes et de recommandations.

Il n'avait pas la tête à travailler. Lisa embarquée de force dans la Mustang. Son regard vers lui, comme un appel impérieux et muet.
Cantine. Une demi-heure de réfectoire. Trois autres en salle audio-visuelle, le crachin persistant empêchant d'utiliser la cour, devant la énième diffusion de *L'Étalon noir*. L'école était pauvre en cassettes vidéo.
Retour en classe. Valse des nombres décimaux, des verbes du troisième groupe et des châteaux de la Loire. L'étude. Le jour qui ne se lève toujours pas. Et la nuit, derrière les carreaux, qui tombe pour de bon.
Il avait fallu ensuite effectuer les recherches, interroger les gens rendus irascibles par la météo, essuyer des refus, résister à l'abattement, au dépit, à cette idée qu'ils n'y arriveront jamais, qu'ils ne retrouveront pas Lisa, que tous les efforts produits ne serviront à rien.
Oui, dure journée. Sans aucun résultat. Il était vingt-deux heures et Diembi rentrait chez lui, la faim au ventre et le cœur en chiffon. Il vérifia si ses clés se trouvaient bien au fond de sa poche. Son père, employé au tri postal, ne devait pas être là avant minuit. Sa mère était de garde. Infirmière à l'hôpital Pierre-et-Marie-Curie. Avec un peu de

chance, elle serait de retour pour le petit déjeuner du lendemain. La fin de soirée promettait d'être conviviale…

Il était presque arrivé. Personne dans la rue Jouye-Rouve. Autour de lui, la ville était morte. Brusquement, il eut une poussée de graf. Cela lui arrivait fréquemment, comme une envie furieuse de cri silencieux. Il choisit le premier mur qui se présenta, mit un genou à terre et sortit un marqueur de sa poche revolver. Un Uni, le « Posca ». Celui qu'il préférait entre tous pour la grosseur de sa pointe et la profondeur de ses noirs. Son geste fut rapide, précis. Le poignet connaissait le mouvement par cœur. JMB. Prononcez *Dji M Bi*, à l'américaine. Diembi !

Il avait utilisé des *block letters*, c'est-à-dire un lettrage clair, bien dessiné, parfaitement lisible. Ce style, qu'il affectionnait et maîtrisait, avait fait sa réputation parce qu'il mettait en valeur l'élégance de son graphisme. Là, contrairement à son habitude, il avait espacé les trois lettres de son tag. Avec un peu d'hésitation, il ajouta dans les blancs ainsi formés quatre autres lettres aux corps plus épais. Le résultat obtenu le bouleversa. Ce n'était rien, rien que deux noms mélangés sur un mur miteux de la ville un soir de crachin, rien qu'un tag intraduisible pour un autre que lui, mais c'était le sien, la clé de ce soir morne, de ce paysage désolé. **LJIMSBA**. Il ajouta le chiffre 1. « **LJIMSBA** *one* », ce qui signifiait que ce tag était utilisé pour la première fois. Qu'il venait de naître.

Le froid fit descendre un frisson sur son dos ; il se décida à rentrer. Il passa devant la fenêtre de Mme Simone, grande ouverte comme d'habitude. Le grillage qu'elle avait fixé à l'encadrement débordait légèrement sur l'extérieur. Pour une fois – ils n'aiment pas beaucoup l'humidité –, ses chats n'étaient pas allongés sur le rebord, blottis les uns contre les autres. Des chats, elle en avait douze. Plus un perroquet, pratiquement né dans sa cage, et un hamster qui, dans la roue aménagée pour lui, se lançait chaque jour à la poursuite de son ombre.

Mme Simone, soixante-quatorze ans, avait toujours habité ce rez-de-chaussée rue Jouye-Rouve. Et donc vu grandir non seulement Diembi, mais aussi tous les autres enfants du quartier. Cette rue n'était pas très fréquentée, il y passait plus de vélos et de planches à roulettes que de voitures. À sa fenêtre en permanence, elle faisait pour tout le monde partie intégrante du décor.

Diembi entendit qu'on l'appelait. Il se retourna. Le visage ridé couronné de mèches grises de la vieille femme s'écrasait contre le grillage. Il vint à sa hauteur.

— Alors, madame Simone, on ne dort pas encore à cette heure ?

— Dis donc, Diembi, tu ne voudrais tout de même pas que je me couche avec les poules ? Je dormirai mieux quand je serai morte. En attendant, je profite de chaque seconde. Si je te disais qu'en ce moment je suis plongée dans un polar qui me rend dingue ! L'histoire d'un tueur qui découpe ses victimes en morceaux et les introduit dans des boîtes de petits pois.

— Dites donc, ça a l'air bien ! Vous aviez un service à me demander ?

— Non, mon gars, t'es gentil. Juste une chose à te dire. J'ai l'impression qu'on te suit. Deux hommes. Je les vois rôder quand tu rentres le soir. Ils restent un moment à surveiller tes fenêtres. Ils ne s'en vont que quand tout s'éteint. Mercredi, ils étaient là tôt le matin, à t'attendre. Dès que tu es parti, ils t'ont emboîté le pas. Je ne sais pas ce qu'ils te veulent mais ils n'ont pas des têtes de bons chrétiens. Ce serait plutôt du gibier de potence.

Diembi frissonna de nouveau ; cette fois, ce n'était pas le froid. Il n'avait rien remarqué. Maintenant, il pouvait presque physiquement sentir des regards peser sur lui.

— Merci, madame Simone, mais c'est certainement une erreur. Ne vous inquiétez pas. Allez, je vous laisse à vos petits pois. À demain !

Le 26 n'était pas loin, il se hâta de le rejoindre et grimpa quatre à quatre les escaliers qui permettaient d'accéder à son appartement. Un deux-pièces situé au-dessus d'un atelier et prolongé par quelques mètres carrés de cour dominant la rue.

Il ouvrit la porte d'entrée, alluma la lampe du salon et claqua la porte sans entrer. Les hommes devaient le croire à l'intérieur. Accroupi, il progressa jusqu'au muret délimitant la cour et risqua avec précaution un œil en contrebas, masqué par un bouquet d'hibiscus. Il vit les silhouettes : adossées à vingt mètres de lui sous une porte cochère. Deux hommes, les mains dans les poches. Pendant cinq minutes il les observa, mais la distance et la nuit ne permettaient pas de distinguer leurs traits. Ils portaient des impers gris. L'un des deux avait une casquette à bords rabattus. Bientôt, Diembi les vit échanger quelques mots, puis s'éloigner dans la rue qui redevint déserte.

Aussitôt il courut chez lui s'abriter. Un bol de lait chaud lui redonna des couleurs. Réchauffé, il sortit une assiette de fromage du frigo, se coupa un morceau de pain et s'installa près du téléphone. Qui étaient ces hommes ? Il fallait le savoir au plus vite ! Il composa un numéro. La sonnerie retentit six fois avant qu'on ne décroche.

— Allô ?

— Ouais, fit une voix embrumée.

— C'est toi, Hakim ?

— Heureusement que c'est moi ! Ce serait mon père, il t'aurait déjà dit que c'est pas une heure pour téléphoner chez les gens.

— Excuse-moi, mais c'est grave. On me suit, figure-toi. Deux hommes. Depuis mardi.

— Trop puissante, la vanne !

— Moi, je rigole pas du tout, je peux te dire.

— C'est sérieux ?

— Très.

— Ils viennent d'où à ton avis ?

— Aucune idée, mais je me suis dit comme ça qu'au cours de l'enlèvement, un des kidnappeurs aurait très bien pu m'apercevoir. Et craindre ensuite que je le reconnaisse !

— C'est flippant, ton truc !

— Alors il me suit pour me surveiller, et constate qu'on farfouille à droite, à gauche dès qu'on a une seconde libre. Qu'est-ce que tu ferais à sa place ?

— D'abord je ne serai jamais à la place d'un fumier pareil.

— Imagine !

— Eh bien, si tu devenais trop dangereux, je crois que je m'arrangerais pour te… pour te… oh ! ça sent pas bon tout ça !

—… Oui, pour me supprimer. Alors on doit agir. Et vite. Voilà ce que tu vas faire…

6 Tactique

Le lendemain, Diembi ne changea rien à ses habitudes.
Le samedi, il n'y avait classe que le matin. Les deux hommes le suivaient toujours, mais en vrais professionnels, ne s'approchant jamais, se fondant dans le paysage.
À onze heures trente, il rentra directement chez lui, s'installa dans un sofa – ses parents étant partis faire des courses dans une grande surface – et suivit distraitement, en grignotant des biscuits, une de ces séries américaines interchangeables qui sont tournées dans des maisons en marbre blanc. « Tiens, se dit-il, les acteurs ont dû avoir un prix de groupe, ils sortent tous de chez le coiffeur ! »
On frappa. Diembi se plaqua contre la porte.

— Hakim ?
De l'autre côté lui parvint une voix familière.
— Non, c'est Ronaldinho, il nous manque un joueur pour ce soir au Parc. T'es libre ?
Diembi ouvrit en souriant. Hakim avait le don de lui remonter le moral. Il l'installa et lui offrit un verre de Coca.
— Alors ?
— J'ai fait comme tu m'as dit. Je ne les ai pas quittés d'une semelle. T'avais raison, deux ombres ! Collées à tes basques. Quand t'es revenu ici, ils ont attendu un peu, puis l'un des deux a rejoint leur bagnole.
— Avec un cheval sur la calandre ? Une Mustang ?
— Désolé, c'était une Peugeot. Et elle sortait pas du Salon de l'auto...
— Bon, continue.
— Heureusement, j'avais demandé à Fabrice de m'accompagner. Tu sais, c'est un pote à mon frangin, celui qui a un scooter. C'est même son deuxième. Le premier, il l'avait laissé dans la rue en bas de chez Miki, la roue avant attachée à une grosse chaîne. Il a retrouvé que la roue avant. D'ailleurs il l'a gardée en souvenir, fixée au mur de sa chambre, sur un panneau où sa petite sœur a dessiné des numéros. Avec, ils jouent à la Loterie nationale.

— Oui, oui, bref !
— Donc, on l'a suivi avec Fabrice. Jusque dans le XVIIe arrondissement. Un boulevard grande classe ! Sur place, on l'a vu entrer dans un immeuble, puis il a grimpé je ne sais où.
Diembi se mit à marcher nerveusement dans la pièce, parlant tout seul.
— Si ça se trouve, en ce moment, Lisa y est. Il faut prévenir la police, qu'ils fassent une descente en vitesse.
— Je suis sûr que Lisa n'y est pas.
— Et pourquoi ?
— Tu sais, on n'est pas repartis tout de suite. L'accès était protégé par un code. On a attendu que quelqu'un sorte pour pénétrer dans le hall, histoire de jeter un coup d'œil.
— Et alors ?
— Il y avait des boîtes aux lettres. J'ai regardé les noms, à tout hasard.
— T'as trouvé quoi ?
— Y en avait un que je connaissais. Toi aussi tu le connais.
— Lequel ? Mais tu vas cracher le morceau à la fin !
— Diembi, je sais que ça paraît bizarre mais… c'était « M. et Mme Michigan ».

— Alors on arrête tout ?
Bouboule avala un autre gâteau au chocolat. Sa bouche était auréolée de miettes qui tombaient de temps en temps en pluie sur son sweat-shirt Colorado Spring. Il était dix-huit heures trente. L'heure du goûter était largement dépassée, mais, disait-il pour justifier sa goinfrerie, une baisse de régime est toujours à craindre entre les repas. Il faut dire que chez eux, on dînait tard. À vingt heures pile, heure des infos. Une règle qui ne souffrait aucune entorse. Bouboule continua :
— Remarquez, ça vaut mieux. Mon paternel, il commençait à me demander pourquoi je ressortais le soir après le repas. Heureusement qu'avec Mlle Duchignon ça roule, parce que sinon…
— Nuance, vieux, dit Diembi. On n'arrête pas tout, on change de tactique. Les deux types qui me suivent ne m'ont pas l'air francs du collier.
— On ne sait toujours pas qui ils sont ? questionna Miki.
— Je n'y comprends rien. Je croyais qu'ils étaient de l'équipe des ravisseurs, et voilà que l'un d'entre eux mène Hakim tout droit chez les Michigan. Quels rapports peuvent-ils bien avoir avec ces types ? Étant donné l'opinion qu'a

de moi le père de Lisa, je me vois mal lui en toucher deux mots. D'ailleurs, ils ne se connaissent peut-être pas ! Imaginez qu'il soit monté chez lui pour l'intimider, ou lui dire comment verser la rançon ! On doit continuer à se méfier. Si par hasard on tombait sur leur planque, ça pourrait barder pour nous. Ils ne doivent pas savoir où en sont nos recherches. Première chose, ces types, on doit les larguer. Ensuite, il faut voir les choses en face ; seuls, on n'y arrivera pas. À nous quatre, on n'a encore rien trouvé et le temps presse. Ce qu'il nous faudrait, c'est une armée.

Il s'interrompit quelques instants. Les autres se turent afin de ne pas troubler sa réflexion. Subitement, le visage de Diembi s'illumina.

— Mais que je suis bête, les gars, cette armée, on l'a ! Les tagueurs ! C'est ça, il faut faire appel à tous les tagueurs ! On va utiliser le réseau MUSKTR 3, en *wild style*.

— Là, c'est sûr qu'ils ne vont pas s'y retrouver, les Éric et Ramzy de la filature, gloussa Bouboule.

— J'ai un truc à préparer avant de commencer, fit Diembi. Allez, on se voit demain, à huit heures. Apportez vos bombes, on doit retourner tout le quartier.

Les quatre amis se séparèrent et Diembi, avant de rentrer chez lui, fit un crochet chez le libraire pour acheter quatre grandes feuilles blanches en carton souple.
Une fois dans son deux-pièces, il s'affaira longtemps sur l'une des feuilles. D'abord muni d'un crayon à papier, puis, quand il eut obtenu par son dessin un résultat satisfaisant, avec une paire de ciseaux. Son découpage achevé, il renouvela la même opération sur les feuilles restantes.
Son idée l'enchantait. Le tag MUSKTR 3 était connu de tous les graffiteurs du quartier qui n'avaient aucune difficulté à identifier la bande qu'il désignait ; Mousquetaires 3, les trois Mousquetaires. En l'utilisant en *wild style*, c'est-à-dire en usant d'un lettrage confus, embrouillé, déchiffrable par les seuls affranchis, ils allaient toucher en un temps record des dizaines, voire des centaines de tagueurs. Autant d'auxiliaires précieux pour leur enquête.
Quant aux deux types, il savait comment s'en débarrasser. Tout était réglé comme du papier à musique. Il pouvait même se passer le film en avant-première : les Mousquetaires descendent tranquillement dans le métro à Belleville, direction Châtelet. Dès que le couloir fait un coude, ils

piquent un sprint jusqu'au quai et, au lieu de prendre la rame, empruntent la correspondance pour Nation. Là, soit le métro est en gare, auquel cas ils y grimpent avant que les autres les rejoignent et descendent à Couronnes, la station suivante, soit ils prennent la sortie et se perdent dans les ruelles attenantes pendant que les affreux les poursuivent sur les quais. Ce détail réglé, ne restait plus qu'une question : ce qu'il avait fabriqué ferait-il l'affaire ? On verrait bien. D'un placard il retira deux bombes aérosol, des Krylon, une noire et une rouge. On reconnaissait un vrai pro au bricolage qu'il effectuait sur ses « caps ». Posant la rouge à côté d'une bombe de Baygon dénichée sous l'évier de la cuisine, il en intervertit les capuchons. Ainsi la diffusion de la peinture serait-elle plus précise et plus homogène avec ce nouvel outil personnalisé. Un grand merci aux cafards !

Il passa son matériel en revue, le fourra dans un sac à dos qu'il posa près de la porte d'entrée. Maintenant, il fallait se reposer ; la journée de dimanche promettait d'être rude.

7 Les murs ont la parole

Aristide Bertrand de Pugeaux aimait, le dimanche soir, se promener dans le quartier de son école. Son appartement, un trois-pièces modeste qu'il occupait seul, n'était pas tout proche, mais les longs trajets à pied ne lui faisaient pas peur. C'était, confiait-il volontiers, le secret de sa forme.

Une semaine avait passé depuis le rapt. Les jours qui s'annonçaient allaient être décisifs. Le directeur songeait à cela en accélérant la cadence pour se réchauffer un peu. Le soleil, tremblante boule jaune, était tombé depuis des heures derrière les toits ; il était vingt heures passées.

Il avait déjà fait un bon bout de chemin et ses pas le conduisaient le long d'un chantier en construction quand il remarqua, éclairée par la lueur d'un phare, une tache rouge placée au beau milieu d'une palissade. En s'approchant, il eut un choc : la tache rouge était en réalité un visage que le directeur reconnut immédiatement. Pas de doute, c'était celui de Lisa !

Celui qui l'avait peint était doué, car la ressemblance était frappante. En dessous du visage s'étalait, semblable à une formule cabalistique, une succession de boucles inextricablement entortillées.

« Tiens, se dit le directeur, on a voulu représenter un nid de vipères luttant avec une pelote de laine ! »

Il reprit sa marche et croisa cinq autres de ces portraits, tous identiques, placés bien en évidence sur des murs, des affiches, des portes de garage et tous accompagnés de la même illisible formule. Tout le quartier avait été méthodiquement quadrillé. Il comprit d'un seul coup leur fonction. « Voilà un avis de recherche peu banal ! »

Malgré son incapacité à déchiffrer la signature en dessous du portrait, il se fit rapidement une idée de son auteur. Des graffiteurs proches de Lisa, il n'en connaissait pas des milliers.

Ce Diembi avait décidément l'art de se mettre

dans des situations compliquées ! Une petite entrevue avec lui s'imposait d'urgence. Dès le lundi matin, à la rentrée des classes. Douze ans, c'est un peu jeune pour jouer avec le feu.

— Diembi, c'est la catastrophe !
Hakim, en surgissant dans la cour, s'était précipité, affolé, vers son copain.
— Quoi ? Qu'est-ce qui se passe ?
— Ces abrutis de ZEA 11 et de BOMB H, ils ont relancé la guerre des tags !
— C'est pas possible ! Comment tu le sais ?
— J'ai fait un crochet par le grand chantier de Ménil tout à l'heure, comme ça, pour vérifier que personne n'avait recouvert notre boulot d'hier avec des affiches de cirque ou des têtes de gens à élire. Les colleurs n'avaient rien fait, mais tous les visages de Lisa sont massacrés ! ZEA 11 et BOMB H en travers, bien gras, bien épais. C'est même pas beau… Non seulement ils ont des lentilles à la place du cerveau, mais en plus ils sont aussi doués qu'une portée de cochons !
Mlle Duchignon, là-bas, faisait de grands gestes pour les inviter à se ranger devant elle. Préoccupés par cet incident, ils n'avaient pas entendu la sonnerie.

— En tout cas, dit Diembi, ça s'est passé cette nuit. J'ai discuté tout à l'heure avec M. de Pugeaux, il a vu les portraits hier soir. J'ai promis de le prévenir si on apprenait quoi que ce soit concernant Lisa. Bon, pour les ZEA 11, on avisera tous ensemble plus tard. Il faut y aller, Duchignon va faire une crise cardiaque.

« Zoulou Est Arrivé 11ᵉ » et « Bombe H » étaient deux groupes de tagueurs rivaux de MUSKTR 3 basés rue Oberkampf, vers le métro Saint-Maur. Pendant longtemps ils s'étaient livré bataille à coups de bombes et de marqueurs pour l'occupation visuelle du quartier. Avec des règles simples : ceux qui trouvaient les endroits les plus voyants et prenaient le plus de risques pour y inscrire leur tag étaient déclarés vainqueurs par K.O. à la dernière reprise. Les juges ? Le monde du graf parisien dans son entier qui répétait à la ronde le nom des plus audacieux.
Durant des mois, ces deux bandes avaient investi Ménilmontant, remportant quelques succès d'estime sur des palissades de chantier, mais un coup d'éclat des MUSKTR 3 les avait conduits à se replier en catastrophe sur le XIᵉ. Car vraiment, ceux de la rue Jouye-Rouve avaient fait très fort,

et l'histoire avait circulé dans tout Paris.
Le maire de l'arrondissement devait inaugurer un programme d'habitations conçu par un architecte tellement connu qu'une plaque avait été posée sur la façade du bâtiment principal, mentionnant son nom et l'année de construction. Pour donner un ton solennel à la cérémonie, on avait tendu un rideau noir sur cette plaque, et le maire – c'était un dimanche matin – avait, au milieu d'une horde de collaborateurs et de journalistes, préparé un discours. Qui, avec emphase, se terminait ainsi : « ... et les générations futures se souviendront que les plus grands artistes, sous nos auspices, auront collaboré à la conception d'un habitat à la fois plus beau et plus humain. » Puis il s'était approché du rideau, l'avait écarté dans un crépitement de flashes. Un murmure avait alors parcouru la foule. Sur la plaque, en diagonale, s'étalaient en gras les lettres de MUSKTR 3 !
La nuit précédente, ils s'étaient glissés près de l'immeuble, avaient passé les barrières de protection et commis leur forfait, prenant soin de replacer le rideau de telle sorte qu'on ne se doute de rien. La gloire ! Un reportage avait même été diffusé sur la télévision régionale ! À l'époque, les ZEA 11 n'avaient pas insisté. Et voilà qu'ils reve-

naient à la charge.
Comme prévu, les trois Mousquetaires se retrouvèrent à dix-huit heures chez Diembi. Pour un conseil de guerre.
— On y va tout de suite, attaqua Bouboule.
— Où ça ?
— Mais, Miki, refaire les visages de Lisa ! Et le code !
— Non, intervint Diembi, on n'a plus le temps. Ce genre de guéguerre ne se gagne qu'à l'usure. Hakim, dis-leur ce qu'on va faire.
— On a pensé qu'il valait mieux les rencontrer.
— Qui ? Les ZEA 11 et les BOMB H ? Mais si on y va, ils vont nous tomber dessus !
— C'est un risque à prendre, Bouboule.
— C'est un risque à prendre une raclée, tu veux dire !
Les trois autres le regardèrent. Bouboule sentit qu'il était préférable de ne pas insister.
— Bon, je vous suis…
Diembi savait où trouver Sayno, le meneur des ZEA 11. Dans un quart d'heure ils y seraient. Descendre la rue Ramponeau, traverser le boulevard de Belleville. De l'autre côté commençait le territoire ennemi. Le QG des deux bandes rivales était établi dans un petit square prison-

nier d'une cité, avec de l'herbe pelée et des bancs crépis à la fiente de pigeon. Une table de ping-pong en dur ne suffisait pas à transformer le lieu en aire de jeux. D'ailleurs, personne n'y jouait jamais ; trop de vent.

— Ils sont là-bas.

Diembi avait aperçu un groupe dans le fond du square, installé sur un banc. La casquette rouge de Sayno se distinguait de loin.

Il y eut un mouvement quand ils arrivèrent sur eux. Un type sortit du groupe et partit se perdre sous le porche d'entrée d'une barre d'immeubles.

— Vous avez vu ? chuchota Bouboule d'une voix tremblante. Y en a un qu'est parti chercher du renfort. Ça sent le roussi, je vous dis...

Ils furent bientôt devant les ZEA 11.

— Hé ! les gars, ce serait pas les MUSKTR 3 par hasard ? Que nous vaut le plaisir ?

Sûr de sa force, Sayno – en réalité Jean-Claude Chamart, mais il avait exigé qu'on l'appelât par ce surnom plus « américain » –, les narguait outrageusement. Il était entouré de Booz, Nuts, Wizard et Odin avec qui il avait formé son gang. Par deux, d'autres silhouettes rôdaient autour du square, en cas d'embrouille. Si jamais ça devait mal tourner,

il ne ferait pas bon moisir dans le coin.
— On vient pour les portraits massacrés.
— Et alors ?
— Pourquoi vous êtes revenus chez nous ?
— La rue est à tout le monde, non ?
— On croyait que vous aviez compris, la dernière fois.
— Écoutez-le, lui ! Parce qu'un jour il a eu de la chance, il pense vivre sur sa réputation jusqu'à la retraite ! Mais mon pote, un titre, c'est fait pour être remis en jeu ! Nous, ce qu'on veut, et les BOMB H pareil, c'est vous balancer aux oubliettes. Maintenant, si tu veux relever le défi, personne t'empêche. Mais dis-toi bien une chose, c'est que sur chacun de tes tags, on mettra dix couches du nôtre, vu ? À moins que tu préfères qu'on règle ça autrement...
Sayno s'était levé. La dernière phrase avait été prononcée à dix centimètres du visage de Diembi. Brusquement, la tension avait monté d'un cran. Bouboule voulut avaler sa salive mais il n'y en avait plus une goutte en magasin. Sa bouche était aussi râpeuse que s'il avait tété un sèche-cheveux. Diembi ne broncha pas. Il savait, comme eux tous, Sayno teigneux ; répondre à la provocation ruinerait leurs espoirs de résoudre

le problème sans faire de vagues.
— Écoute, Sayno, tu ne dois plus toucher à ces portraits.
— Je vais me gêner !
— Tu ne comprends pas, c'est beaucoup plus important que nos petites embrouilles.
— Rien n'est plus important pour moi que de te passer devant.
— Alors on va conclure un marché. Tes potes et toi, vous nous oubliez quelque temps, et la rue Jouye-Rouve est à vous. On dira partout que vous êtes de vraies pointures, les meilleurs. Je te jure qu'on le fera.
Sayno eut l'air surpris de voir Diembi si rapidement lâcher le morceau. La confrontation l'intéressait autant que le résultat lui-même. Et les MUSKTR 3 étaient tout sauf des dégonflés.
— Pas d'accord. On nous traitera de magouilleurs.
— Allez, fit soudain Hakim, dis-lui. On s'en sortira jamais, sinon.
Diembi hésita. Les affaires personnelles, il n'aimait pas trop que les autres s'en mêlent. D'un autre côté, leurs recherches piétinaient. Deux types louches étaient sur leurs traces et surveillaient leurs déplacements. La rançon allait être versée dans peu de temps. Et Paris était si

grand… Il se décida :
— Sayno, cette fille, le portrait que vous avez recouvert, elle est dans notre école. On l'a enlevée il y a une semaine. Je suis accusé d'avoir trempé dans l'affaire. On doit mettre la main dessus, tu piges ? Il nous faut de l'aide.
Sayno fit demi-tour et retourna s'asseoir parmi son groupe. Il mit la visière de sa casquette en arrière et se gratta le front, penaud.
— Les gars, je crois qu'on a fait une gaffe.
Se reprenant tout à coup, il pointa sur Diembi un doigt menaçant.
— J'espère pour toi que t'es pas en train de nous balader !
— Tu nous prends pour qui ? Tu crois qu'on a peur ?
— *Okay, okay*, d'accord. Bon, on va répandre la nouvelle. Si un tagueur tombe sur votre copine, tu seras prévenu. On va faire parler les murs. Si t'as un modèle, on peut même te placer des portraits.
— Envoie-moi quelqu'un, il repartira avec. Merci…
— Hmm… Mais après, t'inquiète pas, on reprendra notre conversation.
Il n'y avait rien à ajouter. Les Mousquetaires,

tournant les talons, prirent le chemin du retour et attendirent d'avoir parcouru une dizaine de mètres pour se détendre un peu.

— Je vous l'avais bien dit, fit Bouboule qui avait repris de l'assurance, ils n'ont pas osé faire d'histoires.

— Mets-toi à leur place, rétorqua Miki, narquois, ils ont dû apprendre que tu faisais de la musculation intensive, ils ont eu la pétoche !

— Abruti !

Les effets de cette rencontre ne se firent pas attendre. Le soir même, comme une traînée de poudre, se répandaient sur les murs de mystérieuses formules – REDFACE?BOMB H4JMB, REDGIRL?ZEA114JMB –, que les tagueurs traduisaient facilement : « Où est le visage rouge ? la fille rouge ? » La suite indiquait le nom des groupes qui la cherchaient pour (4 = *four* = *for* = pour) Diembi. Des dizaines de silhouettes fouillaient la ville au service des Mousquetaires. Un bataillon de francs-tireurs. Traquant une ombre.

8 Jason et le visage rouge

Jason était second couteau chez les ALTONAS. À dix ans, il avait assez mal commencé sa carrière dans le graf une semaine auparavant. Rue de l'Atlas, en dessous des Buttes-Chaumont. S'attaquant aux flancs d'une camionnette de livraison sans s'assurer que le chauffeur ne s'y trouvait pas. Ce matin-là, il s'y trouvait.
Un charcutier-traiteur, cent kilos. Jason avait senti une grosse main s'abattre sur son épaule alors qu'il attaquait la lettre O.
— Salut l'artiste ! avait dit le monstre.
Il lui avait fallu deux bonnes heures pour effacer avec du dissolvant et un rouleau de Sopalin les traces de son tag. Puis une autre pour nettoyer de fond en comble la camionnette, de la carrosserie jusqu'aux enjoliveurs. À la fin, elle rutilait.

Ce n'était pas un très bon souvenir.
Ce mardi soir, il traînait donc ses baskets en quête d'un coin discret où les charcutiers n'ont pas l'habitude d'aller. Le plus retiré possible. Tant pis si personne ne devait jamais y mettre les pieds. La gloire, ce serait pour après, il fallait d'abord faire ses armes.
Son choix s'était porté sur une étroite impasse serpentant entre des maisons insalubres et murées, une usine désaffectée, des ateliers abandonnés. À l'entrée, de grands panneaux en couleurs annonçaient la construction prochaine à cet endroit d'un programme de standing avec terrasses et vues sur le parc des Buttes-Chaumont.
Jason jeta un coup d'œil derrière lui pour s'assurer qu'il était seul. Bien, il pouvait prendre sa revanche sur la ville. Jetant son dévolu sur le mur de l'usine, bien lisse, pas trop lézardé, il décapuchonnait son marqueur quand il entendit un bruit à l'intérieur. Encore des clochards se disputant un endroit où dormir ! Autant vérifier. Une fenêtre basse, au ras du sol, se présentait à cinq mètres de lui. Les vitres étaient couvertes de crasse. À plat ventre, il dut essuyer dans un coin la poussière pour y voir quelque chose. Bon sang !

Assise dans un fauteuil défoncé, il vit une fille. Elle plongeait la cuillère qu'elle tenait dans une boîte de conserve posée sur ses genoux. Lorsqu'elle tourna la tête dans sa direction, il eut un choc : le visage rouge ! La fille du garage !
En quatrième vitesse, il fonça vers le garage Moreno, une rue plus loin. Le portrait, c'est là qu'il l'avait vu pour la dernière fois. Sur le mur à côté de la porte en fer. Oui, aucun doute, c'était bien elle ! Et en dessous, marqué en toutes lettres, ceux qu'il fallait prévenir. Allez, Jason, pas une seconde à perdre ! On va enfin parler de toi !

9 Pas deux fois !

Aristide Bertrand de Pugeaux n'acceptait jamais d'invitation le mardi ; pas question de rater « La Dernière Séance » ! Polars ou westerns, il adorait ces vieux films qui lui rappelaient sa jeunesse, l'odeur des cinémas d'antan. Ce soir-là, somptueux programme : *Une corde pour te pendre* suivi de *On aura ta peau, Sabata*.
Le premier avait commencé. Joss poursuivait des voleurs de chevaux, il venait de pénétrer en territoire comanche. Le directeur frétillait nerveusement des orteils au fond de ses pantoufles quand on sonna à sa porte, plusieurs coups impatients. « Qu'est-ce que c'est que ce raseur ! » En bougonnant, il se leva, bien décidé à se débarrasser au plus vite de l'importun qui ne respectait même pas Eddy Mitchell.

Le son de la télé – le directeur aimait le mettre fort – l'accompagna jusqu'à la porte.

— *Dès que je tombe sur ce coyote de Bill, j'en fais mon affaire.*

Il ouvrit et, stupéfait, découvrit Diembi, un Diembi essoufflé, en sueur, qui se tenait dans l'encadrement et ne lui laissa pas le temps de poser des questions.

— Venez vite, ça y est, on l'a trouvée !

— *À quoi ça sert de t'énerver sur ce putois ?*

— Quoi ? Qui ? bredouilla le directeur. Mais, mais…

— … *Garde ton calme, Joss…*

— Il ne faut pas perdre un instant, m'sieur !

— Et la police ?

— … *Le shérif va rappliquer, avec une corde pour le pendre.*

— Le commissariat est fermé. Je vous dis qu'ils vont l'emmener, ça urge ! On les préviendra plus tard.

— … *Crois-moi, Joss, tu ferais mieux d'attendre qu'il fasse le sale boulot à ta place.*

— J'arrive tout de suite.

Il s'habilla en quatrième vitesse, prit son chapeau, sa canne à pommeau d'argent et sa veste, puis emboîta le pas à Diembi.

Celui-ci, moitié marchant, moitié courant, le conduisit de rue en rue à travers ce quartier qu'il connaissait comme sa poche. Ils ne mirent pas plus de dix minutes pour parvenir à destination.

L'endroit n'était pas très rassurant. Un coin sombre garni de poubelles renversées, des murs suintants, une odeur infecte. Le jour, ça ne devait pas être brillant ; alors de nuit !

Là, le directeur reconnut, allongés par terre, les trois copains de Diembi, le nez collé à la fenêtre basse où Jason avait fait sa découverte. Bouboule se retourna et leur intima le silence en posant son index sur sa bouche. Il fit signe à M. de Pugeaux de prendre sa place. Celui-ci, malgré lui, laissa échapper un cri.

— Fichtre !

Au fond d'une pièce sinistre, la petite Lisa, ligotée pour plus de sûreté, suivait des yeux ses ravisseurs qui s'affairaient à nettoyer la place. La décision de changer de planque avait dû être prise précipitamment et ils tenaient sans doute à effacer toute trace de leur passage. Diembi se pencha et murmura à l'oreille du directeur :

— Il faudrait que vous les occupiez un peu, m'sieur, on a trouvé un moyen d'arriver jusqu'à Lisa.

— Pas question, c'est trop dangereux ! Vous vous prenez pour Smarty et Crunch ou quoi ?
Il avait toujours eu beaucoup de problèmes pour prononcer les noms américains. Cette fois-ci, Diembi n'avait pas le cœur à relever.
— On n'a pas le choix, m'sieur, ils vont partir dans quelques secondes. En plus, je vous jure, on va être très prudents.
Sur ces mots, avant que le directeur ait pu répliquer, Diembi disparut dans la pénombre, suivi de près par Hakim.
M. de Pugeaux essaya bien de les retenir, mais crier sans faire de bruit lui posa quelques problèmes. Il pesta contre ces sales gosses qui n'en font qu'à leur tête, et qui n'écoutent jamais ce qu'on leur dit, et qui ont toujours raison, et qui pourraient au moins suivre les conseils d'un vieil homme comme lui ; mais bientôt, vaincu par l'assurance des quatre enfants, il se mit à réfléchir au moyen de détourner l'attention des ravisseurs.
Hakim et Diembi, qui avaient fait le tour, regardaient la lucarne repérée par Miki un peu plus tôt. Elle était à cinq mètres du sol, et cinq mètres, ça commence à faire !
Hakim fit la courte échelle à son ami, il était convenu qu'il resterait en bas pour faire le guet.

Aussi agile qu'un chat, Diembi parvint tant bien que mal, s'aidant de la gouttière qui descendait du toit, à se hisser jusqu'à elle. Le battant était déjà entrebâillé, il n'eut qu'à le pousser ; un rétablissement, et il fut dans la place.
Le plancher vermoulu de cet étage n'était pas sûr. D'ailleurs, une partie s'était déjà écroulée. Heureusement pour lui, une poutre qui traversait le local permettait d'approcher Lisa. Pas de panique. Attendre la diversion. Mais le directeur, que faisait-il ? Et comment allait-il s'y prendre ?
Diembi n'eut pas à attendre longtemps. Dans un bruit de poubelles qu'on renverse, il entendit, en provenance du côté opposé de la pièce, une voix puissante entonner un chant de pirates.

Quinze marins sur le bahut du mort,
Yop là ho, une bouteille de rhum,
À boire et Diable ! réglez leur sort,
Yop là ho, une bouteille de rhum !...

Les trois hommes présents s'étaient arrêtés de bouger. L'un d'eux avait sorti son revolver et fait signe aux autres de se poster près de la porte.
Celle-ci se mit soudain à trembler. Celui qui cognait y allait de bon cœur. Trois coups violents, BAM, BAM, BAM !

— Ho ! là-dedans !
Ils se regardèrent sans ébaucher le moindre geste.
Le visiteur frappa à nouveau.
— Ho ! Et alors ? On part en week-end prolongé porte de Bagnolet et y en a qui s'installent chez vous ! Non mais faut pas se gêner surtout !
Croyant avoir affaire à un clochard aviné, les hommes se concertèrent. Diembi hésitait : fallait-il y aller maintenant ? attendre encore un peu ? La voix reprit de plus belle.
— Ouvrez, sinon j'enfonce la porte ! Je suis chez moi ici, et je ne vous ai pas invités que je chasse... que je sasse... que je... ah ! nom de Dieu !
Cette fois-ci, craignant sûrement que ce tapage attire l'attention de quelqu'un sur leur présence, ils se décidèrent à ouvrir.
Lorsque, en même temps qu'eux, Diembi découvrit le clochard, il eut du mal, malgré les circonstances, à ne pas éclater de rire. M. Bertrand de Pugeaux avait piétiné son chapeau qui, grossièrement enfoncé sur sa tête, n'avait plus de forme. Il avait les joues sales, les cheveux dépeignés, et son costume, déchiré aux manches et maculé de taches nauséabondes, lui donnait l'allure d'un épouvantail à moineaux.

Diembi entendit l'un des hommes lui demander ce qu'il voulait, mais comme il devait se concentrer sur son action, il ne suivit pas leur discussion. À pas feutrés, il progressa sur la poutre jusqu'à se trouver un peu en retrait de Lisa. S'y pendant par les bras, il se laissa retomber au sol en souplesse. D'où ils étaient, les ravisseurs ne pouvaient pas le voir. D'ailleurs ils étaient trop occupés à empêcher le directeur d'avancer dans la pièce.

Les yeux de Lisa quand elle découvrit Diembi à côté d'elle !... Si des yeux pouvaient crier de joie, nul doute que les siens l'auraient fait. Dans son expression, il y avait de la gratitude, de l'étonnement et autre chose de plus fragile, de plus secret.

Diembi, qui avait du mal à détacher ses liens, lui fit comprendre de se taire le temps de sortir de là. Que se passa-t-il ? Un des hommes avait-il entendu un bruit suspect ? Toujours est-il qu'à l'instant où Diembi défaisait le dernier nœud, il surgit devant eux. Les montrant du doigt, sa réaction fut immédiate :

— Hé ! les gars !

Diembi fut tétanisé par la surprise. En un éclair, un souvenir pénible lui revint en mémoire. Il se

revoyait assister sans réagir à l'enlèvement de Lisa. « Non, pas deux fois ! »
Par réflexe, il tâta les poches de son blouson et sentit un objet dur dont il s'empara. C'était la bombe rouge avec laquelle il avait peint le portrait de Lisa sur les murs du quartier. La serrant fort, ne serait-ce que pour comprimer le tremblement qui lui venait, il tendit le bras vers l'homme qui s'apprêtait à se jeter sur lui.
Le jet de peinture l'atteignit en pleine figure. Aveuglé, il poussa un cri de rage.
Diembi ne prit pas le temps de savourer sa victoire, les autres n'allaient pas tarder à rappliquer. Pour rejoindre la fenêtre derrière laquelle Bouboule et Miki n'avaient rien perdu de la scène, ils faillirent pulvériser le record du monde du trente mètres. Pendant qu'ils couraient, un bruit de verre brisé résonna dans toute l'usine. À coups de pied, les autres avaient tout défoncé de manière à ce qu'ils puissent sortir. Les fuyards n'eurent qu'à se glisser par l'ouverture. Sauvés ! Mais pourquoi les deux autres malfrats n'avaient-ils pas réagi ?
Ils avaient bien essayé de le faire, mais c'était sans compter avec le directeur ! Un homme qui n'était pas tout jeune, affublé d'un accoutrement

aussi ridicule, on ne s'en méfie pas. Pas assez.
Or, ce descendant d'une grande famille de Bourgogne avait derrière lui vingt ans de pratique en savate et canne de défense.
Les kidnappeurs n'avaient pas eu le temps d'admirer sa technique, la canne avait sifflé, le revolver volé à dix mètres, et le pommeau d'argent imprimé sur leurs tempes les armoiries des Bertrand de Pugeaux. Ils étaient restés sur le carreau. Pour le compte.

10 LE QUATRIÈME HOMME

— Eh bien, jeune homme, on peut dire que vous avez fait du bon travail !

Le lieutenant Blanchard serrait la main de Diembi devant la porte de l'école. Ce dernier avait fait sa déposition la veille, juste après que la police eut embarqué toute la bande de l'usine désaffectée. Il n'avait pas encore revu Lisa qui était auprès de ses parents ; seul le directeur se tenait à ses côtés.

Tous les trois s'étaient retrouvés dans son bureau ce mercredi matin pour compléter certains points de leurs déclarations respectives. L'inspecteur avait pensé que ce lieu serait plus agréable que le commissariat.

— En tout cas, il nous en manque encore un. La petite Michigan a été formelle : un quatrième

complice venait régulièrement dans l'usine. Celui-là, on n'a pas mis la main dessus.
Diembi, fatigué par toutes ces épreuves, avait du mal à se fixer sur les paroles du policier. Son regard se posait tantôt sur les voitures, tantôt sur les gens qui arpentaient le trottoir.
Il s'attarda sur la silhouette d'une grand-mère qui traversait au ralenti dans les clous. À peu près à l'endroit où la Mustang s'était garée pour emporter Lisa. Il vit quelque chose briller. Sa main. Sa main droite lançait des reflets lumineux. Les mêmes que ceux lancés par le poignet du ravisseur, le soir du rapt !
Plantant là l'inspecteur et le directeur, il se porta à la hauteur de la vieille femme.
— Je peux vous aider, madame ?
— Ah, vous êtes bien aimable, mon garçon.
Diembi prit son avant-bras et la soutint le temps d'atteindre le trottoir opposé, et de comprendre : cette dame avait aux doigts plusieurs bagues serties de grosses pierres qui miroitaient sous les rayons du soleil. Le ravisseur devait donc aussi avoir les doigts d'une main chargés de bagues !
Le lieutenant avait apprécié son geste.
— Si tous les jeunes étaient comme toi, y aurait certainement moins de petites grand-mères

écrasées. Maintenant, je peux te dire : le père de Lisa nous avait demandé de te faire suivre. On en a même parlé à ton directeur. Qu'est-ce que tu veux... on fait quelquefois un sale boulot. Faudra qu'on parle un peu, toi et moi. À propos des tags.

— C'est déjà arrangé, dit M. de Pugeaux. J'ai conclu un marché avec ces enfants. Utilisé pour une bonne cause, ce procédé du tac...

— ... ta*G*, monsieur de Puteaux.

— ... de Pu*G*eaux, Diembi, avec un G, comme ta*G*. Ce procédé, donc, en la circonstance, fut noble et efficace. Mais l'arbre ne doit pas cacher la forêt. Ce phénomène se nourrit de la dégradation des lieux publics. En tant que chef d'établissement, je m'insurge, me récrie, je rue ! Le week-end prochain, nous lançons avec ces enfants une grande campagne de nettoyage à laquelle je m'associerai personnellement. Tous les portraits de Lisa disparaîtront de nos murs.

— Parfait, dit le lieutenant Blanchard.

— Au fait, dit Diembi, ils n'ont pas trop été vexés de se faire semer par nous, vos deux limiers ?

— Semer ?

— Oui, dimanche.

— Nous t'avons fait suivre jusqu'à jeudi seulement, jusqu'à notre visite dans ton école. De quoi s'agit-il ?
— Mais… alors ce n'était pas des fl… des policiers ?
— Mais de qui parles-tu à la fin ?
— Je ne le sais pas moi-même…
— Bon, je dois y aller. Mais on se revoit tout à l'heure, chez les Michigan. Ils tiennent à vous remercier, je crois. À midi.

Fatigue et angoisse avaient creusé les traits de Lisa ; ses yeux n'en semblaient que plus grands. Diembi plongeait dans ce vert transparent aussi souvent que la peur d'être vu le lui permettait ; il y plongeait comme un pêcheur au fond d'une eau limpide, en retenant sa respiration, convaincu d'en ramener des trésors. Il y avait là, en plus d'eux, M. et Mme Michigan, le directeur, les lieutenants Blanchard et Lechêne. Et puis deux inconnus debout de chaque côté de la porte.
M. Michigan s'était confondu en remerciements. Il ne s'éloignait guère de sa fille, comme s'il craignait qu'on ne la lui reprenne, lui passant la main dans les cheveux, s'inquiétant de savoir si elle avait froid, soif, besoin de quoi que ce soit.

On percevait pourtant une gêne dans ses propos. On ne tarda pas à comprendre.
— ... Et je voudrais aussi qu'on me pardonne certains écarts de langage, surtout toi, Diembi, et vous, monsieur le directeur. Aujourd'hui, j'ai honte des propos que j'ai tenus. Je ne savais plus ce que je disais. À Diembi je dois la vérité. J'avais même chargé ces deux hommes que tu vois là-bas de te suivre. Ce sont des détectives privés auxquels je fais fréquemment appel dans certaines circonstances liées à mon travail. Ils devaient prendre le relais de la police dont je soupçonnais qu'elle ne suivrait pas longtemps la piste que je leur avais indiquée. Évidemment, ton rôle dans la libération de Lisa accentue encore le côté grotesque de cette mesure de méfiance.
L'un des hommes traversa la pièce pour prendre le briquet qu'il avait oublié sur la table basse du salon. Il était à un mètre de Diembi. Celui-ci pâlit mais ne dit rien. L'autre retourna à sa place.
— Monsieur Blanchard, je peux vous parler un instant ?
— C'est à quel sujet, Diembi ?
— Au sujet des tags ; un truc que j'ai oublié de vous dire.

Ils s'absentèrent cinq minutes. À son retour, le lieutenant demanda à téléphoner. Pendant ce temps, M. Michigan s'approcha de Diembi.

— Je ne sais pas comment te remercier. Y a-t-il quelque chose que je puisse faire pour toi ?

— Pour moi directement, non, mais j'ai une idée pour l'école, une idée qui fera bien plaisir à notre directeur.

— Tu vas me dire ça.

S'adressant aux détectives, il continua :

— Messieurs, je n'ai plus besoin de vous. Je vous ferai parvenir ce que je vous dois par chèque.

Les hommes sortirent après avoir salué l'assistance. Mme Michigan proposa un autre apéritif ; elle sortait ses bouteilles du bar quand, en provenance de la rue, on entendit un coup de feu. Tout le monde se rua vers les fenêtres. En bas, l'un des détectives privés, celui qui avait repris son briquet, était maintenu contre le capot d'une voiture de police par quatre lieutenants en civil.

— Que se passe-t-il ? demanda M. Michigan.

Blanchard fournit toutes les explications :

— Ce type, ce détective avec qui vous collaborez depuis un certain temps, c'est notre quatrième complice, celui dont Lisa n'a jamais vu le visage. On trouve très souvent l'instigateur de ce genre de crime dans le proche entourage de la famille. Nous avons pu le démasquer grâce, une fois de plus, à Diembi. Qui a découvert un indice essentiel : l'un des hommes qui ont enlevé Lisa portait plusieurs bagues à la main droite, ce qui n'est pas courant, vous l'admettrez.

— Mais, l'interrompit M. Michigan, tout à l'heure, il n'en portait pas !

— En effet. Ceux que nous avons interpellés non plus. Seulement chez lui, un détail a frappé Diembi. Tous les doigts de sa main droite sont à la première phalange cerclés de blanc. De toute évidence notre homme a récemment passé un séjour au soleil, nous l'avons d'ailleurs tous vu bronzé. Or, nous ne bronzons ni sous une montre ni sous… des bagues. Il a dû juger plus prudent, craignant peut-être que Lisa n'ait remarqué cet élément compromettant, de les ôter après le rapt. En tout cas, sa réaction au moment de l'interpellation, alors que nous ne voulions que l'interroger, plaide en faveur de sa culpabilité. Il n'a pas hésité à se servir de son arme. Je ne serais pas surpris, en faisant quelques recherches sur cet individu, de retrouver la trace d'une Ford Mustang… Quoi qu'il en soit, rassurez-vous ; j'ai pu constater qu'aucun des policiers n'a été touché au cours de son arrestation. Voilà, cette affaire est définitivement close. Et maintenant, pour tout vous dire, madame Michigan, je reprendrais volontiers un petit porto.

À compter de ce jour, Lisa et Diembi, toujours escortés des autres Mousquetaires, furent inséparables. Fêtés comme des héros, ceux de Jouye-Rouve signèrent avec les ZEA 11 et les BOMB H un armistice définitif.
Parfois, on voyait Hakim, Miki, Bouboule et Diembi monter le soir dans la grosse voiture des Michigan qui les ramenait chez eux. Pour que Bouboule et Miki, qui n'avaient que dix mètres à faire, profitent un peu du trajet, elle faisait le tour du pâté de maisons avant de les déposer en face de l'école. Ils appréciaient beaucoup la promenade.
M. Michigan, sur la demande de Diembi, avait fait installer dans la cour un panneau où chaque semaine on tendait une immense feuille blanche sur laquelle les tagueurs pouvaient en toute liberté exercer leurs talents. On la changeait régulièrement, et les œuvres achevées étaient conservées en vue d'une exposition que la mairie, pas rancunière, avait promis d'organiser en fin d'année.

Tout le monde était content, les tagueurs taguaient et le directeur rentrait à son domicile sans qu'aucun graffiti n'entache sa vision d'un environnement exemplaire de propreté.

Mais il y eut une chose que personne ne vit. Ça se passa au printemps suivant, dans la cour de l'école, au milieu des platanes déjà lourds de feuilles.
Plusieurs soirs d'affilée, Aristide Bertrand de Pugeaux, assis sur une chaise, les jambes croisées, la main posée sur le pommeau de sa canne, se tint face à Diembi, campé devant un chevalet avec, par terre tout autour de lui, une dizaine de bombes et de marqueurs multicolores.
Diembi avait cédé à la requête du directeur, mais un soir, n'y tenant plus, il lui avait posé la question qui lui brûlait les lèvres depuis le début des séances de pose.
— M'sieur de Puteaux, pourquoi vous m'avez demandé de faire votre portrait ?
— C'est une tradition dans notre famille, mon cher. Tous mes ancêtres l'ont fait et nous gardons ces tableaux dans notre demeure en Bourgogne. Nous avons une pièce spéciale. Il faudra venir voir !

— Avec plaisir, m'sieur. Mais, pourquoi moi ?
— Tout simplement parce que vous avez un sacré talent, mon petit vieux ! Et puis, il faut bien vivre avec son temps !
Aristide Bertrand de Pugeaux, les yeux dans le vague, eut un petit sourire avant de poursuivre.
— De plus, vous ne pouvez pas savoir mais, je le vois d'ici, un tag dans le château, ça va faire un tabac…

TABLE DES CHAPITRES

1. La rentrée des Mousquetaires 5
2. Rapt 12
3. Colère 19
4. Attente 27
5. Filature 30
6. Tactique 38
7. Les murs ont la parole 45
8. Jason et le visage rouge 56
9. Pas deux fois 59
10. Le quatrième homme 68

DU MÊME AUTEUR

Aux éditions Casterman :

« Les Mousquetaires de Belleville »

Un tag pour Lisa

(prix des Bobigneries 1993
prix de la ville d'Évreux 1994)

Quercy Rap

Marchands de sommeil

Le mystère Malala

Le secret de M. Verlan

(prix des Incorruptibles 1996)

La colo des timides

Le petit Alphonse attend sa maman

Aux éditions Magnard :

Carton noir

Aux éditions Rageot :

Bande de menteurs

L'écrivain mystère

Miss Casse Cou

Le secret de l'agent secret

Rollers de choc